Je veux aller
à l'école !

L'orthographe rectifiée, qui fait désormais référence
dans les programmes scolaires, est appliquée dans cet ouvrage.

© 2004 Éditions Nathan (Paris, France), pour la première édition
© 2011 Éditions NATHAN, SEJER, 25 avenue Pierre de Coubertin, 75013 Paris
pour la présente édition
Loi n° 49-956 du 16 juillet 1949 sur les publications destinées à la jeunesse,
modifiée par la loi n° 2011-525 du 17 mai 2011.
ISBN : 978-2-09-253452-6
N° éditeur : 10259662 - Dépôt légal : mai 2011
Achevé d'imprimer en octobre 2019 par Pollina (85400 Luçon, Vendée, France) - 91436

CATHERINE DE LASA

Je veux aller
à l'école !

Illustrations d'Erwan Fagès

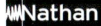

un
Les prix

FILOMENA adore la classe. À Sitio, son village de Madère, l'école s'est installée il y a seulement deux ans, en 1963. Depuis ce jour, Filomena se lève quand il fait encore nuit, elle nourrit la chèvre, le cochon et les poules, puis elle quitte la ferme de ses parents et part joyeusement, son sac plein de livres et de cahiers.

– Tu as de la chance, lui a dit une fois Maria, la voisine. De mon temps,

seuls les enfants riches avaient le droit d'étudier. Leurs parents faisaient venir un professeur chez eux.

Filomena rit. C'est vrai que l'école, c'est une fenêtre grande ouverte dans sa vie. Très vite, elle est devenue la meilleure en calcul, la meilleure en lecture, la meilleure en écriture. Elle avait tellement envie d'apprendre qu'elle emportait son livre dans son sac, l'après-midi, quand elle allait garder les chèvres dans la montagne.

– Fais attention, ne mange pas ton livre en même temps que ton pain ! lui disait son père en riant.

Aujourd'hui, c'est la distribution des prix. Filomena met sa plus belle robe et prend le chemin de l'école avec son père et sa mère. Dans le préau décoré, le maire fait un beau discours. Les meilleurs élèves montent sur l'estrade pour recevoir leur prix. Filomena gagne deux beaux livres reliés de cuir bleu, le prix de calcul et le prix d'écriture. La maitresse, Madame Rocha, lui caresse les cheveux et lui dit :

– Toi, tu es capable de devenir maitresse, peut-être même professeur pour les grands, au lycée de Funchal.

Ce jour-là, Filomena revient de l'école en dansant. En pliant sa belle robe dans son armoire, elle parle tout le temps :

– Plus tard, j'ai très envie de devenir maitresse. Madame Rocha a même dit que je pouvais être professeur. Mais il faut que j'étudie encore beaucoup.

Sa mère la coupe brusquement :

– Ce n'est pas la peine, tu n'iras plus à l'école.

Filomena a l'impression de recevoir

un coup de poing dans la poitrine.
Elle répète :
– Je n'irai plus à l'école… mais pourquoi ?

Sa mère répond :
– Parce que tu dois rester ici pour nous aider à la ferme. De toute façon, une fille instruite ne peut pas trouver de mari.

Filomena a la gorge serrée. Elle essaie de discuter :
– Mais, maman, tout de suite, je n'ai pas besoin de mari. Je suis trop petite. Et puis, je peux très bien vous aider et étudier en même temps.

Sa mère l'interrompt :
– Jusqu'à douze ans, l'école est au village et c'est gratuit. Après, il faut aller à la ville, à Ribeira. Tu crois qu'on va te laisser faire le trajet toute seule ? Et tu sais combien ça coute ? Trente

escudos par mois ! Le prix d'un chevreau ! Tout ça pour que tu restes assise, à ne rien faire ! C'est non et non !

Filomena proteste :

– À l'école, je ne reste pas du tout à ne rien faire, même si je suis assise ! Je lis, j'écris.

Il y a un silence, puis le père s'approche. En soupirant, il caresse la joue de sa petite fille.

– Moi, je voudrais bien que tu y ailles, à l'école. Mais trente escudos, c'est trop pour nous, tu le sais bien.

Filomena se tait. Son grand rêve vient de s'écrouler. À quoi ça sert de grandir, maintenant, si on ne peut plus rien apprendre ? Toute la soirée, elle marche comme une automate. Elle a l'impression que le monde est devenu noir autour d'elle. Elle ne peut plus aller nulle part. Sa vie se passera ici, à Sitio. Il n'y aura rien d'autre, jamais. Et ça, seulement parce qu'il manque trente escudos par mois ! C'est trop injuste à la fin.

Le lendemain, elle rumine sa peine silencieusement. De temps en temps, sa mère essaie de la consoler :

– Dans la famille, on ne sait même pas lire comme toi. Tu vois bien, ça ne nous empêche pas d'être heureux, de nous aimer.

Filomena secoue doucement la tête. Elle murmure :

– Mais moi, je voulais aller à l'école…

– Eh bien, tu y es allée pendant deux ans ! reprend sa mère. Parmi les enfants du village, c'est toi qui en as le mieux profité. Tu devrais être contente !

Filomena retient une larme. Elle n'arrive pas à dire que ces deux

années-là lui ont seulement donné envie d'apprendre encore plus. Elle se sent terriblement malheureuse que tout s'arrête aussi vite. Elle reprend, presque en colère :
— Il ne fallait pas m'envoyer si vous ne vouliez pas me laisser continuer !
En l'entendant, sa mère se met à crier :
— Mais gagne-le, l'argent pour l'école, si tu le veux vraiment ! Loue-toi comme bergère quelque part ! Tu crois que ton père et moi nous pouvons travailler plus que nous le faisons ?
Filomena sort de la maison sans rien dire. Elle sait bien qu'une bergère de son âge ne gagne que sa nourriture. Puis, en rassemblant les bêtes, elle se répète encore :
— Je n'irai plus à l'école, jamais, jamais.

Sur le chemin, Elena, une de ses amies, l'interpelle :

– Ohé Filomena ! Dis donc, tu en as reçu, des prix, hier ! Tes parents devaient être contents ! Moi, je me suis fait gronder parce que je n'ai rien eu...

D'un ton maussade, Filomena dit :
– Ah bon !

Elena ne s'aperçoit de rien. Elle continue :

– Mais le pire, c'est qu'il va falloir que je continue l'école l'an prochain. Je vais loger chez ma tante à Ribeira. Mes parents veulent absolument que j'étudie.

Filomena la regarde ; elle a envie de lui donner une claque. Alors, il y a des gens qui ont assez d'argent pour étudier autant qu'ils veulent et que ça n'intéresse pas !

– Mais reste un peu ! Pourquoi tu me quittes comme ça ? crie Elena. Tu es fâchée ?

Filomena n'écoute pas. Elle marche en regardant la montagne, les dents serrées. Elle essaie de ne plus penser à rien.

deux
Gloria

Le lendemain, Filomena tricote en gardant ses chèvres. Il est à peu près midi. Sa mère lui a mis un gros morceau de pain et de fromage dans son sac. Mais elle sent qu'elle n'y touchera pas. En ce moment, elle n'a vraiment pas faim.

Quelqu'un s'approche sur le chemin. C'est la vieille Gloria, qui est tout essoufflée.

– Je me repose un peu à côté de toi, parce que je suis partie tôt ce matin. Je vais à Ribeira.

Filomena aime bien Gloria. Elle est très pauvre, et pourtant elle est toujours prête à partager ce qu'elle a. En plus, elle se fait beaucoup de souci, en ce moment, pour son fils qui fait son service militaire en Afrique.

Gloria sort une lettre de son sac.

– Regarde, j'ai reçu une lettre de Manuel, et je vais voir l'écrivain public pour qu'il me la lise. Ça va me couter six escudos. C'est cher, surtout que je ne pourrai pas travailler à la ferme aujourd'hui…

Filomena sourit. Elle dit doucement à Gloria :

– Si tu veux, je peux te la lire, moi, la lettre de Manuel. Tu n'as pas besoin d'aller à Ribeira.

– Ah oui ! C'est vrai ! Tu as été à l'école, toi ! Eh bien, lis-la-moi !

Filomena prend la lettre et elle commence :

« Mes chers parents, mes chers frères et sœurs, je dicte cette lettre à un ami qui sait écrire. Ici, en Afrique, il fait très chaud. Les paysans ont récolté une drôle de céréale qui s'appelle le mil. Et vous, avez-vous déjà commencé les moissons ? J'aimerais tellement vous aider, plutôt que d'être obligé de rester ici comme soldat ! Vous me manquez beaucoup, surtout toi, ma chère maman… »

Filomena a fini de lire. Gloria reprend sa lettre et reste longtemps à regarder les petits signes noirs sur le papier qui rapportent les paroles de son fils. Puis elle demande :

– Est-ce que tu veux bien me la lire encore une fois ?

– Bien sûr ! répond Filomena.
Et elle relit la lettre encore une fois, deux fois, trois fois…
Gloria se lève.
– Merci, je me rappelle tout. Je vais pouvoir le raconter à la famille.
– Ne me remercie pas, dit Filomena, ça m'a fait plaisir de t'aider !
C'est vrai, pendant un moment, elle a complètement oublié sa tristesse.
Soudain, elle s'aperçoit que Gloria fourre quelque chose dans son sac avant de s'en aller.
Des pièces, deux escudos ! Filomena pense d'abord les lui rendre, puis tout à coup un espoir extraordinaire se lève dans son cœur. Alors elle court après Gloria et lui lance en bafouillant :
– Dis… dis à ceux qui reçoivent des lettres des soldats que je suis capable de les lire !

– Bien sûr que je leur dirai, répond Gloria, sans s'arrêter de marcher.

Filomena revient lentement vers son troupeau. Tout au fond d'elle-même, une petite voix souffle : « Peut-être qu'en lisant tu vas pouvoir gagner l'argent pour l'école. »

trois

Le marché

Le jour vient de se lever. Filomena s'habille pour aller s'occuper des bêtes. Avant de partir, elle ouvre sa boite à trésor. Dedans, il y a les images qu'elle a eues à l'école, un joli caillou, et les deux escudos de Gloria. Deux escudos, ce n'est vraiment pas beaucoup ! Il faudrait quinze fois plus pour payer seulement un mois d'école. Filomena soupire : peut-être qu'elle a trop vite espéré. Pourtant, dans son cœur, la petite voix souffle toujours : « Il faudrait seulement quinze personnes qui te demandent de lire une lettre pour y arriver ! »

Ce jour-là, Filomena a beau surveiller le chemin de la montagne en tricotant à côté de son troupeau, personne ne vient la voir.

Le soir, elle se couche complètement découragée. Elle a l'impression que son rêve vient de se briser une deuxième fois.

Il ne se passe rien de nouveau les jours suivants. Filomena n'ouvre plus sa boite à trésor. On dirait que, dans son âme, la boite de l'espoir aussi s'est refermée.

Et puis, vers la fin de la semaine, sa mère lui dit :

– Samedi, tu vas aller vendre nos légumes au marché. Tu partiras avec

ton cousin José. Ce n'est pas loin de son chantier.

Son père poursuit :

– Si tu réussis à tout vendre, tu pourras t'acheter un foulard ou quelque chose qui te plait au marché.

Filomena lui sourit un peu tristement : elle sait bien que ce petit cadeau-là, c'est pour essayer de la consoler de sa grande déception.

Le lendemain, Filomena et José partent très tôt. Il y a aussi Martina et Sandrina, les petites sœurs de José, qui portent deux gros paniers pleins d'œufs.

Elles rient et elles bavardent sans arrêt en marchant.

José, lui, marche sans rien dire. De temps en temps, il regarde Filomena. On dirait qu'il hésite à lui parler. Finalement, il se décide :

– Filomena, il parait que tu sais très bien lire.

– Oui, répond Filomena, qui se demande où il veut en venir.

José ne dit rien pendant un moment, puis il demande brusquement :

– Est-ce que tu voudrais bien m'apprendre ?

Filomena ne peut retenir un « oh ! » de surprise. José s'explique :

– Tu comprends, quand l'école s'est installée au village, c'était trop tard pour moi. J'avais déjà seize ans. Mais j'ai pensé… que je pourrais venir te voir, avant mon travail, pendant que tu gardes les bêtes. Peut-être que tu as gardé tes livres…

– Oui, je les ai gardés, dit Filomena.

José continue :

– Moi, maintenant, je gagne ma vie. Si tu es d'accord, je peux te payer

trois escudos par mois.
Et il ajoute plus bas :
– Tu sais, ce serait tellement important pour moi, de savoir lire.
Filomena lui sourit.
– Eh bien, viens demain me voir dans le champ des pierres. J'aurai apporté mes livres.
Mais elle ajoute :
– Il faut que tu me donnes l'argent d'avance. J'en ai vraiment besoin, tu sais : c'est pour continuer l'école.
– Je comprends, dit José. Moi, plus tard, je veux envoyer mes enfants à l'école.
On arrive à l'entrée de Ribeira. José quitte les petites filles pour aller à son chantier.
– À demain, dit-il.
Il a un sourire plus beau qu'un soleil qui se lève.

Au marché, les trois cousines installent leurs paniers. Très vite, une femme s'arrête devant elles.

Filomena annonce :

– C'est cinquante centimes le kilo de haricots.

– Oui, je vais en acheter, dit la femme. Enfin non, je ne venais pas seulement pour ça. Gloria m'a dit que tu savais très bien lire.

Et elle sort une lettre de sa poche.

Filomena discute comme une vraie commerçante.

– D'accord, c'est deux escudos.

– Oui, bien sûr, dit la femme en sortant son argent.

Le soir, les trois cousines se remettent en route pour rejoindre José au carrefour. Elles ont vendu presque tous les légumes et les œufs. Mais ce n'est pas pour cela que Filomena rayonne de joie. Elle a lu aussi des lettres presque toute la journée. Et dans sa petite poche, sous sa robe, il y a vingt-trois escudos ! Avec l'argent de José et celui de Gloria, cela fera vingt-huit escudos, presque le premier mois d'école ! Mais le plus difficile reste à faire : expliquer tout cela à ses parents.

quatre

L'argent

Le lendemain matin, quand Filomena descend dans la cuisine, son père vient lui caresser les cheveux.

– Bravo, tu t'es bien débrouillée au marché! Tous les légumes sont partis! Montre-moi le joli foulard que tu t'es acheté.

Filomena prend sa respiration, puis elle dit d'un seul coup:

– Papa, je n'ai rien acheté au marché. Ce n'est pas ce cadeau-là que je voudrais.

Sa mère se rembrunit.
– La voilà qui recommence avec ses rêves de savant ! Puisqu'on te dit qu'on n'a pas d'argent !

Alors Filomena sort sa boite à trésor.
– Maman, regarde l'argent que j'ai gagné. Vingt-huit escudos : presque le premier mois d'école !

Sa mère ouvre de grands yeux.
– Veux-tu rendre cet argent ! À qui l'as-tu volé ?

Filomena proteste :
– Maman, je te jure, je ne l'ai pas volé, je l'ai gagné.

Sa mère lève les yeux au ciel.
– Une petite fille comme toi ! Gagner autant d'argent ? Mais tu n'es même pas capable de porter deux bottes de paille !

Filomena ne se laisse pas impressionner :

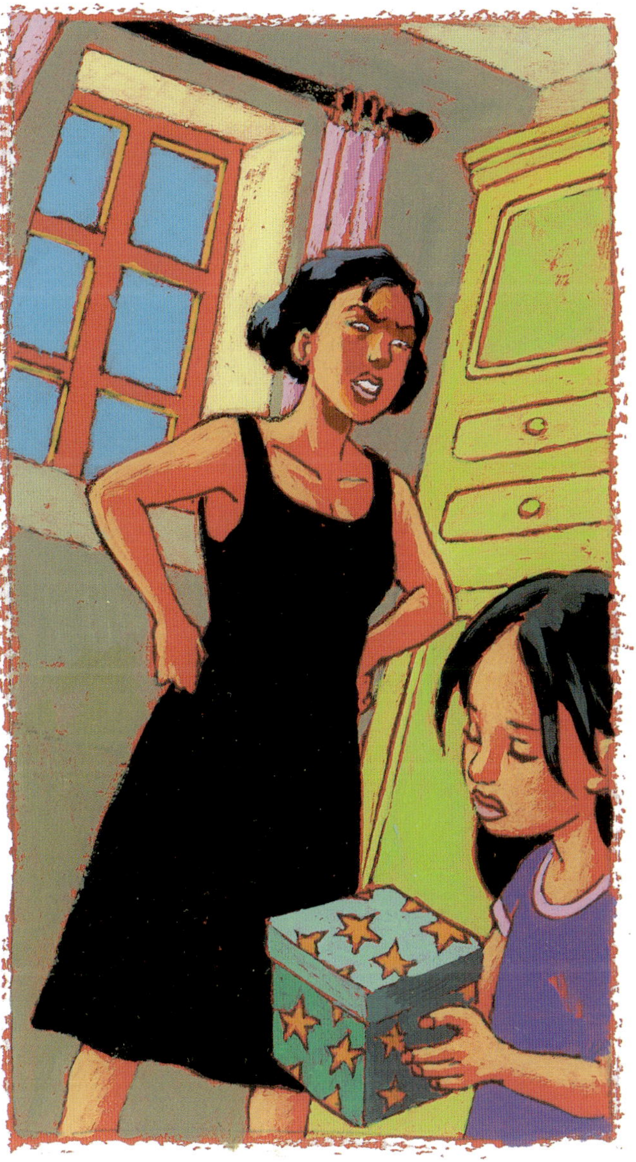

– Je l'ai gagné… en lisant.

Sa mère la regarde comme si elle était devenue complètement folle.

– Comment peux-tu gagner de l'argent en lisant ?

Filomena soupire. Elle se dit qu'elle n'arrivera jamais à expliquer son histoire. C'est trop compliqué.

À ce moment-là, la vieille Gloria frappe à leur porte. Elle salue toute la famille, puis elle sort de sa poche un paquet qui contient du papier, un crayon, une enveloppe.

– Voilà, j'ai besoin de votre fille pour écrire une lettre à notre Manuel, dit-elle.

Filomena rayonne : elle va enfin pouvoir montrer à ses parents comment elle peut gagner de l'argent.

Alors Gloria commence à dicter :

– Cher Manuel, toi aussi tu nous manques beaucoup…

Filomena s'installe pour écrire. Les parents ne disent plus rien : ils regardent le crayon qui trace sur le papier de petites lignes régulières. Quand Filomena a fini, elle relit la lettre tout haut. Gloria hoche la tête en signe d'approbation et ferme l'enveloppe. Elle s'exclame :

– Une fille comme ça, dans une maison, c'est une vraie chance ! Bon, je m'en vais, parce que j'ai encore du chemin à faire avant d'arriver à la poste.

Gloria a laissé deux escudos sur la table. Tout le monde se tait. La porte s'ouvre à nouveau, c'est José qui vient leur rendre visite.

– Bonjour, tout le monde ! Filomena, voilà l'argent pour les leçons. J'ai apporté un peu plus, parce que ma mère voudrait que tu écrives une lettre pour l'oncle qui est au Brésil. Voilà ce qu'il faut lui dire…

Filomena écrit encore. Ses parents n'en reviennent pas.

– Ah, toi alors ! Tu es formidable ! s'exclame son père. Demain, nous partons à Ribeira pour t'inscrire à l'école !

Sa mère n'est pas encore convaincue.

– Mais moi, je ne veux pas l'envoyer toute seule à pied dans la montagne, quand il fait encore nuit !

Filomena se met à trembler. C'est vrai ! Elle n'avait pas réfléchi à ça…

Alors José s'avance.

– J'y ai pensé. Je l'accompagnerai. C'est mon chemin pour aller travailler.

Cette fois-ci, la mère ne peut plus rien dire. Filomena écrit la lettre à l'oncle, va chercher ensuite les livres et part pour les champs avec José.

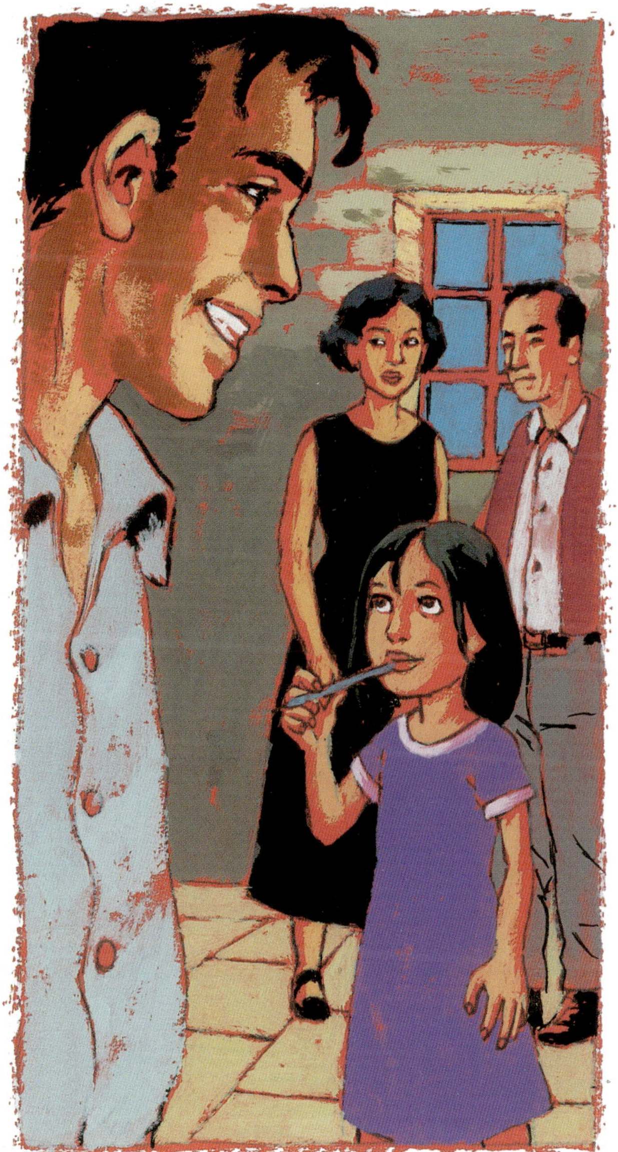

Sur le chemin, ils rencontrent Elena.
– L'an prochain, je vais à l'école à Ribeira, avec toi ! crie Filomena joyeusement.
Elena a l'air soulagé.
– Ah ! J'avais tellement peur de me retrouver toute seule ! Dis, tu m'aideras pour les devoirs ? Tu es forte, toi !
– Évidemment, je t'aiderai ! répond Filomena.
Elle sent les livres qui pèsent lourd dans son sac. L'an prochain, elle partira le matin, avant le lever du jour, avec des livres plus lourds encore. Et elle étudiera le mieux possible, pour être maitresse, comme Madame Rocha, ou peut-être même professeur à Funchal, la capitale de Madère !

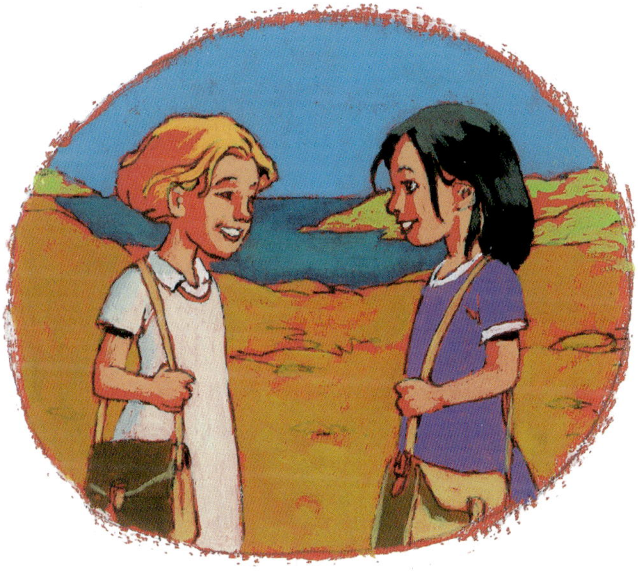

Table des matières

un

Les prix 5

deux

Gloria 17

trois

Le marché 23

quatre

L'argent 33

Catherine de Lasa

Elle est née en 1956 à Caen. Après des études de littérature classique, elle se marie, a six enfants et écrit pour eux et pour les autres des poésies, des contes, des romans. Les problèmes d'éducation la passionnent. Elle milite dans une association contre les châtiments corporels. «Les claques et les fessées fabriquent des violents», dit-elle. Ses ouvrages sont publiés aux éditions Nathan, Bayard, Milan et Calligram.
Son site, www.catherinedelasa.com, a été créé par sa fille Blanche.

Erwan Fagès

«Je veux aller à l'école!» n'était pas vraiment le crédo d'Erwan. C'était plutôt : «Je veux dessiner tout le temps!» Alors il lui a fallu ruser (cahier de maths à double fond, par exemple). Quelques heures de colle plus loin, Erwan passe maintenant ses journées à faire ce dont il rêvait : dessiner.

DÉCOUVRE UN AUTRE TITRE DE LA COLLECTION

La danse de Fiona
De Nathalie Somers
Illustré par Daphné Collignon

« Il était une fois, sur une île que l'on appelle l'Irlande, un jeune homme qui jouait très bien du violon. Son nom était Padraig O'Hara et il voyageait beaucoup. Chaque fois qu'il arrivait dans un nouvel endroit, on disait de lui que jamais on n'avait entendu meilleur « violoneux » dans tout le pays. Mais malgré son succès, il était resté modeste et se faisait partout des amis.
Un jour, comme il avançait sur une route caillouteuse, il vit un panneau annonçant « Kilmallock, 1 mile ».
– Un nouveau village ! s'exclama-t-il gaiement. »

Padraig ne sait pas encore que dans ce village, l'attend une rencontre, pleine d'amour, de musique et de magie, qui pourrait bien bouleverser sa vie…

Grandir avec Nathan.com

Le site qui accompagne les parents

- des sélections de livres
- GRandir
- Apprendre
- des forums
- une lettre mensuelle
- des activités
- des dossiers
- des conseils d'experts
- Lire

Plus d'infos sur : www.grandiravecnathan.com

Nathan